AF381337

Analyse de l'œuvre

Par Mélanie Ackerman
et Lucile Lhoste

Les Trois Mousquetaires

d'Alexandre Dumas

Rendez-vous sur lepetitlitteraire.fr et découvrez :

Plus de 1200 analyses
Claires et synthétiques
Téléchargeables en 30 secondes
À imprimer chez soi

ALEXANDRE DUMAS

ÉCRIVAIN FRANÇAIS

- **Né en 1802 à Villers-Cotterêts**
- **Décédé en 1870 à Puys**
- **Quelques-unes de ses œuvres :**
    - *Pauline* (1838), roman
    - *Les Trois Mousquetaires* (1844), roman
    - *Le Comte de Monte-Cristo* (1844-1845), roman

Alexandre Dumas, souvent désigné en tant que « père » afin de le distinguer de son fils, est un écrivain français, proche du romantisme. Fils d'un général aux origines afro-antillaises, il commence à travailler dès son plus jeune âge avant de se tourner vers l'écriture.

Il rencontre rapidement le succès avec ses vaudevilles et ses drames historiques. Il écrit alors une quantité impressionnante d'œuvres, parmi lesquelles on peut retenir *Henri III et sa cour* (1829) ou encore *Kean ou Désordre et Génie* (1836). Mais c'est avec sa série de fresques historiques qu'il passe véritablement à la postérité, notamment avec la trilogie des *Trois Mousquetaires* ou avec *Le Comte de Monte-Cristo*.

LES TROIS MOUSQUETAIRES

ITINÉRAIRE D'UN MOUSQUETAIRE DEVENU CÉLÈBRE

- **Genre :** roman
- **Édition de référence :** *Les Trois Mousquetaires*, Paris, Gallimard, coll. « Folio classique », 2001, 800 p.
- **1re édition :** 1844
- **Thématiques :** prison, évasion, vengeance, injustice, aventure, loyauté

Les Trois Mousquetaires est l'œuvre la plus connue d'Alexandre Dumas. Publiée dans un quotidien en 1844 sous forme de roman-feuilleton, Les Trois Mousquetaires est la première partie d'une trilogie imaginée par l'écrivain.

Dans ce premier volume, on suit l'évolution de d'Artagnan, cadet de Gascogne arrivant à Paris et rejoignant les mousquetaires du roi.

Le roman remporte un franc succès : le nombre

de tirages du journal augmente lors de la parution de l'œuvre et le récit fait ensuite l'objet d'une édition en un seul volume.

RÉSUMÉ

CHAPITRES I – IX

D'Artagnan, un jeune Gascon, arrive à Paris en 1625. Il fait sa première apparition dans un nouvel univers. Ses débuts sont peu agréables : il connait une première humiliation par Rochefort, un comte travaillant pour le cardinal de Richelieu (prélat et homme d'État français, 1585-1642), qui lui subtilise sa lettre de recommandation pour rejoindre la compagnie des mousquetaires. Est également présente Milady, que d'Artagnan ne connait pas encore, mais qui sera sa principale ennemie puisqu'elle aussi travaille pour Richelieu.

Plus tard, le provincial est reçu par M. de Tréville (officier français, 1598-1672), capitaine des mousquetaires, qui accepte que d'Artagnan les rejoigne, sans pouvoir lui accorder de titre avant qu'il ne fasse campagne avec eux.

La première rencontre avec les mousquetaires ne laisse pas présager une bonne entente puisque d'Artagnan parvient à se mettre à dos Athos, Porthos et Aramis en quelques minutes. Un premier combat avec les hommes du cardinal Richelieu a lieu suite à un conflit de longue date qui fait rage entre la garde du roi et celle du cardinal.

D'Artagnan commence à comprendre que les complots sont monnaie courante. Apprenant qu'une dame de la reine Anne d'Autriche (1601-1666), Constance Bonacieux (qui est également la femme de l'homme chez qui il loue sa chambre) est enlevée par Rochefort, il se met en tête de la retrouver et la sauve d'une souricière.

CHAPITRES XI – XIX

D'Artagnan surprend Mme Bonacieux en compagnie du duc de Buckingham (de son vrai nom George Villiers [homme d'État anglais, 1592-1628]) qu'elle est en train de conduire chez la reine.

Le jeune homme découvre ainsi que des secrets relatifs à l'amour et à la politique relient tous ceux qu'il a rencontrés depuis son arrivée à Paris : il constate grâce à Constance la relation entre Anne d'Autriche et le duc de Buckingham, et l'envie de Richelieu de la dévoiler au grand jour afin de porter atteinte à la réputation de la reine.

De son côté, Rochefort informe le cardinal que la reine a remis au duc de Buckingham les ferrets offerts par le roi Louis XIII (roi de France, 1601-1643). Le cardinal manigance alors pour que Louis XIII organise un bal et que la reine soit tenue de porter les ferrets ; celle-ci, ne pouvant porter des ferrets qui ne sont plus en sa possession, confesserait ainsi *de facto* sa trahison.

CHAPITRES XX – XXIV

Les mousquetaires et d'Artagnan se mettent en route pour Londres afin de récupérer les ferrets que la reine a offerts à Buckingham, dans le but d'éviter une disgrâce à leur souveraine. Ce dernier, à l'arrivée de d'Artagnan (les mousquetaires sont finalement restés en France), ne peut que constater la perte de deux ferrets sur les douze. Le duc comprend que ce rebondissement malheureux est dû à Milady qui s'était rapprochée de lui lors d'un précédent bal et avait pu les lui subtiliser.

Buckingham fait reproduire les ferrets manquants et organise le retour de d'Artagnan en France. Le bal commence et la reine n'a pas les ferrets. Le roi l'envoie les chercher. Le cardinal propose alors au roi les deux ferrets que Milady lui a fait parvenir afin de faire éclater la trahison de la reine. Celle-ci réapparait ornée des 12 ferrets.

Mme Bonacieux fixe par écrit un rendez-vous à d'Artagnan, qui ne voit pas qu'elle cherche à le piéger. Il attend vainement et finit par se mettre en route pour retrouver ses trois compagnons. Mme Bonacieux n'est cependant pas responsable de ce rendez-vous manqué : elle a en réalité été enlevée une seconde fois, sur ordre de Richelieu, qui a également fait assassiner son époux.

CHAPITRES XXV – XXXII

En quelques jours, les quatre amis sont réunis à Paris. Ils ont alors quinze jours pour se préparer à partir en campagne pour Sa Majesté. D'Artagnan réalise que Milady n'est pas étrangère au rendez-vous prétendument fixé par Mme Bonacieux avant son départ et, donc, au second enlèvement de celle-ci. Après un duel contre Lord de Winter, il courtise sa sœur, Milady, et lui rend visite tous les jours.

CHAPITRES XXXIII – XL

Lorsque d'Artagnan découvre que l'émissaire du cardinal, Milady, n'a pas de sentiments pour lui, qu'elle le déteste même, il se fait la promesse de se venger. Se faisant passer pour l'homme aimé par Milady, le jeune Gascon s'immisce dans sa chambre et la rejoint dans l'obscurité.

Il avoue son mensonge par la suite à Milady et découvre son secret : elle est marquée d'une fleur de lys, signe laissé par un bourreau par vengeance – Milady avait en effet provoqué le suicide du frère de ce dernier en le quittant. On offre à d'Artagnan de rentrer dans la garde du cardinal, mais il refuse cette proposition.

CHAPITRES XLI – LXVI

Les mousquetaires gagnent La Rochelle pour le siège qui oppose la France, représentée par le cardinal Richelieu, aux Anglais et, surtout, à Buckingham. D'Artagnan manque de se faire tuer par un homme mandaté par Milady, mais il l'emporte et rejoint ses camarades. Les mousquetaires se rendent à l'auberge du Colombier-Rouge pour leur sureté. De leur chambre, les mousquetaires entendent, grâce au tuyau du poêle, la conversation du cardinal avec Milady, dans la chambre au-dessus de la leur.

Lors de cette entrevue, Richelieu ordonne à son émissaire d'assassiner Buckingham tandis qu'elle demande en échange d'être débarrassée de Mme Bonacieux et de son amant d'Artagnan. Suite à ces révélations, les mousquetaires agissent rapidement.

Aramis et Porthos repartent avec Richelieu pendant qu'Athos, ayant reconnu en Milady son ex-femme, la menace de révéler tout ce qu'il sait d'elle si elle ne lui rend pas le blanc-seing procuré par le cardinal. Milady s'exécute et quitte la France pour l'Angleterre dès le lendemain dans le but de tuer le duc.

CHAPITRES XLVII – LVIII

Les mousquetaires éprouvent le besoin de se retrouver sans que le cardinal ne se doute de quelque chose. Ils choisissent donc de défendre un bastion pour tenir leur conseil. La décision y est prise d'écrire au frère de Milady pour lui dévoiler les desseins de sa parente, ainsi qu'à Mme de Chevreuse (de son vrai nom Marie de Rohan, duchesse française, 1600-1679), surintendante de la maison de la reine et courtisée par Aramis, afin qu'elle demande à son amie la reine où se trouve Mme Bonacieux.

Arrivée en Angleterre, Milady est faite prisonnière par Lord de Winter, averti par les mousquetaires. Cette situation ne dure pas, car Milady, rusée, séduit le garde à force de discours et s'enfuit avec son aide.

Une réponse à la lettre écrite à Mme de Chevreuse annonce à d'Artagnan que Mme Bonacieux se trouve au couvent de Béthune (Pas-de-Calais).

CHAPITRE LIX

Le soldat, charmé par Milady et ému par les histoires qu'elle lui a contées, pense la venger en allant tuer Buckingham. Lord de Winter arrive trop tard pour sauver le duc, mais à temps pour arrêter le meurtrier.

CHAPITRES LX – LXII

Il s'agit maintenant pour les mousquetaires de rejoindre au plus vite Mme Bonacieux. Dans le même temps, Milady se met également en route vers le couvent de Béthune. Lorsqu'elle y arrive, elle parvient à entrer chez les carmélites et à obtenir subtilement des informations de la part de l'abbesse.

Celle-ci lui présente Mme Bonacieux. Milady fait la conversation jusqu'au moment où elle reconnait son interlocutrice et poursuit son mensonge au point que la lingère de la reine pense se trouver en compagnie d'une alliée. Milady apprend que les mousquetaires sont sur le point d'arriver pour retrouver Mme Bonacieux.

CHAPITRES LXIII – LXIV

Milady, après avoir empoisonné le verre de Mme Bonacieux, s'enfuit. À l'arrivée de d'Artagnan, cette dernière est mourante, mais elle trouve la force de lui parler de sa compagne, la comtesse de Winter. Lord de Winter arrive également, ce qui renforce le nombre de personnes désirant la perte de Milady : ils sont désormais trois (Athos,

Lord de Winter et d'Artagnan). Tous décident de la punir et partent, accompagnés d'un homme mystérieux introduit par Athos.

CHAPITRES LXV – LXVII

La petite troupe guidée par les laquais parvient à une maison isolée où se cache Milady. Tous conviennent qu'elle doit être jugée. Chacun l'accuse pour ses crimes et réclame la peine de mort. L'homme mystérieux, qui se révèle être le bourreau qui l'a marquée à l'épaule, l'emmène pour mettre fin à ses jours.

ÉPILOGUE

Au retour du roi à Paris, d'Artagnan acquiert le grade de mousquetaire tandis que chacun poursuit sa voie.

ÉTUDE DES PERSONNAGES

D'ARTAGNAN

Le héros du roman-feuilleton est inspiré d'un personnage historique, Charles de Batz-Castelmore, comte d'Artagnan (homme de guerre français, 1610-1673), auquel est consacrée une œuvre qu'Alexandre Dumas a lue avant de rédiger *Les Trois Mousquetaires*.

Jeune Gascon débarquant à Paris, son portrait est dressé dans les premières pages du roman. Il est décrit comparativement au personnage de don Quichotte et de manière très stéréotypée. Âgé de seulement 18 ans au début du roman, il est vêtu d'un simple pourpoint de laine et chevauche un vieux bidet du Béarn.

Trop grand pour ressembler à un adolescent, mais trop petit pour être considéré comme un adulte, il a le visage long et brun, les pommettes saillantes, des muscles maxillaires développés, l'œil intelligent et le nez crochu. C'est tout juste s'il peut être pris pour un chevalier grâce à l'épée qu'il porte. Il ne comprend le ridicule de sa posture qu'une fois à la Cour de Louis XIII, quand il aperçoit ceux qui la fréquentent, en particulier les mousquetaires dont la tenue diffère fortement de la sienne.

DON QUICHOTTE DE LA MANCHE

Don Quichotte de la Manche est le héros bien connu du roman éponyme (1605-1615) de Cervantès (écrivain espagnol, 1547-1616). Pour la première fois dans la littérature, le personnage principal d'un roman ne répond pas aux caractéristiques qu'on attend de lui. Il n'a pas la carrure du héros et tient pourtant de nombreux lecteurs en haleine, encore aujourd'hui. Don Quichotte est un antihéros : il est naïf et idéaliste. Il a lu trop de récits de chevalerie et pense sauver le monde sur le dos de sa vieille monture Rossinante, accompagné de son fidèle compagnon Sancho Pança, attaquant notamment des moulins à vent qu'il prend pour des géants.

Tout au long du récit, d'Artagnan accompagne les mousquetaires, se formant à la garde du roi. Lors de l'exécution de Milady, il est décidé à venger Mme Bonacieux, qu'il aimait. Son éducation de mousquetaire touche alors à sa fin. Contrairement à don Quichotte, d'Artagnan évolue vers un véritable héroïsme chevaleresque, acquiert des valeurs et accomplit des actes glorieux, qui débutent la légende du personnage que l'on connait aujourd'hui.

Il représente l'État moderne français, initié avec le siège de La Rochelle (1627-1628) durant lequel Louis XIII et Richelieu ont repris la ville aux huguenots – des Français protestants, alors que la royauté était catholique –, et une nouvelle génération d'hommes. Sur ce point, Dumas a pris des libertés avec l'Histoire : si le siège a effectivement été un succès pour le roi avec une capitulation au bout d'un an seulement, le véritable d'Artagnan, alors tout jeune adolescent, n'a jamais participé aux batailles.

ATHOS

Athos incarne les valeurs de la vieille aristocratie et adopte donc une attitude passéiste. Pour accroitre la grandeur du personnage, Dumas le pourvoit de possessions et d'ancêtres importants, l'un d'entre eux ayant servi sous François Ier (roi de France, 1494-1547). Il est inspiré d'Armand de Sillègue d'Athos d'Autevielle (1615-1645), un mousquetaire français sans grande richesse – les possessions familiales étant surtout revenues à son frère ainé qui est mort jeune, sans doute lors d'un duel.

Particulièrement beau, Athos apparait de suite comme un héros qui a manqué de périr sur-le-champ de bataille. Il est le mousquetaire le plus présent dans le récit de Dumas, car il représente, pour d'Artagnan, un modèle, un père symbolique : il a 27 ans et est l'ainé des quatre amis. Néanmoins, comme tous les autres mousquetaires, il n'est pas seulement doté de qualités. Ses penchants pour le jeu et l'alcool témoignent de la vision que Dumas se fait de la société qui l'entoure : les grandes valeurs de la noblesse sont en train de se perdre. Désireux de se venger de Milady, qui n'est autre que son ex-femme, c'est lui qui amène à celle-ci le bourreau qui va l'exécuter.

ARAMIS

Le chevalier d'Herblay, dit Aramis, renvoie au personnage historique d'Henri d'Aramitz (abbé et mousquetaire français, vers 1620-vers 1674). Dans le récit de Dumas, ce chevalier est plutôt effacé et, à l'instar de d'Artagnan, il est le moins proche de ses camarades. Physiquement, il est décrit en contraste total avec Porthos : âgé de 22 à 23 ans, il prend soin de sa personne et a une allure délicate, de son visage naïf à ses mains qu'il semble peu employer. Il est d'une grande discrétion, là où Porthos discute d'emblée avec animation.

Il a une inclinaison pour la religion qui fait écho au véritable Aramitz, même s'il est enclin à enfreindre les règles. Il est également très lié à Mme de Chevreuse, avec laquelle il correspond et qui est elle aussi une complice des mousquetaires dans leur volonté de sauver Constance Bonacieux. C'est également elle qui retient Aramis d'entrer dans les ordres quand les mousquetaires ont encore besoin de lui.

PORTHOS

Inspiré du personnage historique Isaac de Portau (militaire français, 1617-s. d.), qui n'a réellement intégré la troupe des mousquetaires qu'en 1643, Porthos est présenté comme un personnage d'une certaine simplicité : il est le moins intelligent des mousquetaires et conserve un esprit enfantin. Grand et d'une apparence hautaine, il est richement vêtu tout en dégageant une légère excentricité qui intrigue ses camarades. Dans le roman, il est toujours prêt à rendre service, il se montre apprécié par la plupart des protagonistes et il se réjouit facilement.

Porthos est à la recherche d'une reconnaissance, d'un prestige. Dumas peint, au travers de ce personnage, le portrait de la bourgeoisie avide de pouvoir, noble, mais vaniteuse. Après le siège de La Rochelle, il quitte la compagnie pour se marier et s'établir en province.

MILADY

Personnage féminin le plus important du roman, Milady apparait dès le premier chapitre et intervient dans le dénouement du récit qui aboutit à son exécution par les mousquetaires. Si elle est décrite physiquement au début du livre comme une jeune femme de 20 à 22 ans, aux longs cheveux blonds et bouclés et aux yeux bleus d'une grande beauté qui frappe immédiatement d'Artagnan, Milady se révèle toutefois mystérieuse. Le lecteur découvre ses secrets au fil de l'avancée de l'histoire.

Traditionnellement considérée comme la méchante, Milady est néanmoins un personnage à nuancer : d'une part, d'Artagnan abuse d'elle, d'autre part elle meurt assassinée, sans autre jugement que celui de ses victimes. Ces éléments amènent le lecteur à une vision plus contrastée de la « mauvaise ».

CONSTANCE BONACIEUX

Constance Bonacieux est un personnage fictif, entièrement imaginé par Dumas. Incarnant la figure maternelle de d'Artagnan, elle est lingère auprès d'Anne d'Autriche, et est également la femme de M. Bonacieux, propriétaire du jeune d'Artagnan. Elle est enlevée et sauvée par le futur mousquetaire qui s'éprend d'elle.

Tuée (empoisonnée par Milady) avant d'entamer une relation avec d'Artagnan (son fils symbolique), elle évite une relation incestueuse qui altèrerait cette image douce de Bonne Mère qui lui est assignée.

CLÉS DE LECTURE

LE ROMAN-FEUILLETON

Genèse et caractéristiques du genre

Avec *Les Trois Mousquetaires*, Dumas se lance dans le genre du roman-feuilleton qui repose sur le principe de « la suite au prochain numéro ». Au cours des années 1830-1840, le roman-feuilleton connait en effet un succès retentissant grâce au développement de la presse et des grands quotidiens. Le genre est cependant mal considéré en raison de son orientation populaire, optimisée par le développement d'une presse bon marché.

Dumas est l'un des premiers écrivains à profiter de ce journalisme démocratisé en publiant *La Comtesse de Salisbury* en 1836 dans *La Presse*. Balzac (écrivain français, 1799-1850) profite également du mouvement. Assez vite, les auteurs écrivent en se pliant aux contraintes du format feuilleton. Ainsi naissent notamment en 1842-1843 *Les Mystères de Paris* d'Eugène Sue (écrivain français, 1804-1857), qui ont un succès tel que les deux volumes initialement prévus seront multipliés par cinq.

Les œuvres rattachées à ce genre se multiplient par la suite, beaucoup étant inspirées du roman de Sue. Du côté de Dumas, *Les Trois Mousquetaires* paraissent dans le journal *Le Siècle* de mars à juillet 1844. L'autre œuvre prépondérante de l'auteur, *Le Comte de Monte-Cristo*, est également à la base un roman-feuilleton publié entre 1844 et 1846.

Payés à la ligne, les écrivains choisissent ce mode de publication pour le gain qu'ils peuvent en tirer. La publication sous cette forme implique quelques règles que l'on retrouve dans le roman de Dumas.

L'auteur doit produire chaque jour une unité fictionnelle qui soit à la fois autonome et en continuité avec les épisodes passés et à venir. Pour ce faire, il divise son roman en 67 chapitres qui comptent chacun une dizaine de pages. Ils se distinguent par une unité d'action, une unité de temps et une unité de lieu. On peut citer par exemple le chapitre XII qui a pour cadre la pièce du Louvre où se tient l'entrevue entre la reine et le duc de Buckingham, qui n'a pour sujet que cette seule discussion et qui se déroule sur quelques instants. Cette unité peut aussi être plus explicite, comme les chapitres qui relatent l'emprisonnement de Milady en Angleterre, chacun intitulé « [n^e] journée de captivité ».

Le style qui découle d'œuvres dont les auteurs sont payés à la ligne est à l'opposé de la sobriété. Ainsi, Dumas ne se contente pas d'une seule intrigue, mais multiplie les péripéties.

L'auteur, rédigeant au jour le jour et dans l'urgence, a régulièrement recours aux clichés, aux stéréotypes et à un imaginaire commun qui évitent les longs développements. Milady, par exemple, est qualifiée de tigresse et de panthère par d'Artagnan : plus que de longues descriptions, ces dénominations suffisent à donner une idée du tempérament de la jeune femme. Louis XIII, lui, est décrit selon un cliché usuel comme étant un roi dominé par son cardinal. Pour la même raison, il préfère les phrases simples évitant une recherche syntaxique.

La durée de publication oblige l'auteur à faire des rappels de ce qui s'est déroulé précédemment. Le roman comporte donc une série de redondances tant au niveau de l'histoire qu'au niveau des termes utilisés.

Quelques procédés narratifs du roman-feuilleton

Avec la parution quotidienne de tranches de fiction, Dumas doit donner envie au lecteur de suivre le récit et d'acheter le journal le lendemain pour continuer sa lecture. Pour cette raison, la satisfaction du lecteur est l'une des motivations de l'auteur. Cela s'observe à travers plusieurs choix de temporalité narrative.

Le rythme du récit doit d'abord être à la fois varié et cyclique. Dumas alterne les moments d'action (dits « paroxysmes ») et les temps de creux (dits « latences ») : des creux préparent l'action, celle-ci se déroule, puis est suivie d'un nouveau creux et ainsi de suite.

Par exemple, l'épisode des mousquetaires tenant un bastion constitue un creux préparant les épisodes à venir, tout particulièrement la mort de Buckingham. Ce moment d'action est suivi d'un nouveau creux relatant le chemin parcouru jusqu'au couvent où se trouve Mme Bonacieux. Cette phase laisse au lecteur le temps d'assimiler l'évènement et le prépare à l'action suivante, la mort de Mme Bonacieux. Ce procédé revient tout au long du roman et a pour objectif de ménager le lecteur.

Parallèlement à ce mouvement, la narration est dominée par des scènes, au détriment des descriptions. Une scène consiste en une équivalence entre la durée de l'action et le temps de la narration. Le dialogue est le plus bel exemple de scène : le temps nécessaire au déroulement du dialogue correspond à celui qu'il faut pour le raconter dans le livre. Ce principe permet à la fois à Dumas de tenir son lecteur en haleine et de le guider. Il peut en effet d'abord lui présenter une action et ensuite la lui rappeler à travers un dialogue, par exemple. L'épisode est ainsi remémoré, à travers une forme de narration différente.

L'alternance entre des scènes et des descriptions est visible dès le début du roman : après une description de d'Artagnan et des raisons de son départ, Dumas enchaine directement en évoquant la querelle de d'Artagnan avec un seigneur s'étant moqué de son cheval, et sa rencontre cruciale avec Milady. Le chapitre II introduit ensuite une autre description, avant un nouveau temps d'action.

Notons que l'on trouve plutôt les scènes dans les temps d'action, tandis que les descriptions concordent davantage avec les phases de creux. Cette oscillation logique permet d'habituer le lecteur aux procédés narratifs de Dumas et le pousse à attendre avec impatience la prochaine action.

UNE ŒUVRE AU CARREFOUR DE PLUSIEURS GENRES

Les Trois Mousquetaires est un roman-feuilleton, genre particulier dont Dumas est arrivé à tirer le meilleur parti en jouant avec les attentes de ses lecteurs. Mais s'il installe le suspense et entretient l'attente de la publication suivante, il jongle également avec les codes de différents genres littéraires.

Le roman picaresque

La structure du récit en épisodes quotidiens

évoque tout d'abord le roman picaresque, qui raconte les aventures d'un jeune homme de basse condition, sous la forme d'une autobiographie fictive, dont l'idée est de critiquer divers aspects de la société. Dans le cas des *Trois Mousquetaires*, il s'agit d'une critique des abus de pouvoir, qui sont partout et gangrènent la bonne société de la Cour française, illustrés notamment par les complots orchestrés par Richelieu et ses agents. D'Artagnan débute par ailleurs son aventure sous de frêles auspices : chichement vêtu, pourvu d'un cheval auquel le Rossinante de don Quichotte n'a que peu à envier, il se trouve dans une position qui n'augure rien de ce qu'il va devenir.

Néanmoins, ce type d'œuvre, constitué d'une succession de déplacements et d'histoires, relate souvent des aventures sans liens entre elles. Ce n'est pas le cas des *Trois Mousquetaires*, qui présente une série d'évènements qui se suivent les uns les autres. De plus, le héros picaresque n'évolue pas, tandis que d'Artagnan évolue jusqu'à obtenir le grade de mousquetaire.

Le roman d'apprentissage

La façon dont évolue d'Artagnan peut également

rattacher *Les Trois Mousquetaires* au roman d'apprentissage, genre né au XVIIIe siècle dont la particularité est de dépeindre l'évolution du protagoniste, de ses années de jeunesse jusqu'à son total accomplissement.

Confronté d'emblée à un monde qu'il ne connait pas, d'Artagnan a d'abord bien du mal à s'adapter à son nouvel environnement et aux règles des mousquetaires, épisode qui constitue ses années de jeunesse. Il est cependant très vite amené à vivre une série d'expériences qui vont le former à son futur métier : entre l'épisode des ferrets de la reine, les enlèvements de Mme Bonacieux, ses confrontations avec les agents de Richelieu ou même le siège de La Rochelle, il apprend peu à peu à devenir un véritable soldat. Ses efforts sont récompensés par l'obtention du grade de mousquetaire, symbole de son épanouissement et de la fin de son apprentissage.

Le roman historique

Dumas laisse également penser que son texte peut être assimilé à un roman historique, alors que *Les Trois Mousquetaires* est un récit qui prend des libertés avec l'histoire. L'auteur s'inspire en effet de personnages historiques pour leur faire vivre des aventures qu'ils n'ont jamais connues. Pour certains, comme Porthos, il ne conserve que le nom, et leur donne une nouvelle allure et une personnalité différente.

En outre, l'auteur propose un cadre qui donne la sensation de vérité historique : un moment, un lieu et des références à la réalité. Les premières lignes du récit visent à attribuer une image vraisemblable aux évènements qui vont suivre. Mais, très vite, Dumas délaisse la grande Histoire pour se concentrer sur les aventures passionnantes et romanesques des mousquetaires. Les épisodes historiques importants, comme l'affaire des ferrets ou le siège de La Rochelle, sont en partie romancés.

Le roman sentimental

Au cours du récit, le lecteur découvre également les aventures sentimentales des mousquetaires. Concernant d'Artagnan, il est en droit d'attendre une intrigue amoureuse avec la douce Constance Bonacieux, propre aux romans sentimentaux. Néanmoins, le lecteur est vite déçu puisque cette relation ne se concrétise jamais et que le jeune Gascon va jusqu'à abuser de Milady. En multipliant ce type de rebondissements, Dumas finit par déjouer le roman sentimental.

Le roman populaire

Finalement, c'est le roman populaire qui semble être le genre auquel se rattache davantage *Les Trois Mousquetaires*. Mais, là encore, Dumas fait en sorte que son œuvre ne corresponde pas à toutes les caractéristiques du genre. Il en reprend par exemple les archétypes, comme celui du redresseur de torts incarné par les mousquetaires, ou l'innocence persécutée que l'on retrouve chez Constance Bonacieux, qui n'a d'autre « tort » que celui d'être loyale envers sa reine. Par contre, l'un des traits du roman populaire traditionnel est de présenter de longs dialogues entrecoupés d'indications alors que Dumas, lui, favorise les scènes plus dynamiques.

CONTEXTE DE PUBLICATION ET DE RÉCEPTION DE L'ŒUVRE

Contexte de publication

Dumas puise abondamment dans la réalité de

son temps pour nourrir son œuvre. *Les Trois Mousquetaires* débute en effet en 1625, pendant le règne de Louis XIII. À l'époque, le roi est marié à Anne d'Autriche depuis dix ans, aucun héritier n'est encore arrivé – Louis XIV (roi de France, 1638-1715) ne nait qu'en 1638. Après de nombreuses batailles, Louis XIII a réaffirmé son autorité sur la France et a commencé à travailler avec le cardinal de Richelieu, introduit au conseil un an auparavant par Marie de Médicis (reine de France et mère de Louis XIII, 1575-1642). Richelieu devient très vite le principal ministre du roi et un artisan important de ses projets politiques.

De ces personnages historiques, Dumas accentue les traits les plus propres à caractériser leur rôle dans l'histoire. Louis XIII apparait ainsi comme un homme faible, qui laisse un Richelieu manipulateur et retors manœuvrer à sa guise. Anne d'Autriche, de son côté, est idéalisée comme une dame d'honneur et d'une grande beauté, qui a des relations tendues – comme ce fut le cas historiquement – avec Richelieu.

Ils sont cependant loin d'être les seuls personnages historiques repris dans l'œuvre : le duc de Buckingham a bel et bien été assassiné, bien qu'il n'ait pas été question d'une intervention féminine dans cet acte (il a été tué par un certain John Felton). Milady elle-même est inspirée de Lucy Hay (dame d'honneur de la reine d'Angleterre, 1599-1660).

Les quatre mousquetaires, quant à eux, sont directement inspirés de mousquetaires ayant réellement existé. La compagnie des mousquetaires du roi est créée en 1622 par Louis XIII et abrite des hommes de mérite, souvent Gascons ou Béarnais, qui sont promus très jeunes. Le comte de Tréville est effectivement le capitaine des mousquetaires dès 1622, avant d'être promu commandant en 1634. Il a d'ailleurs un lien de parenté avec presque chacun des protagonistes : les vrais Athos et Aramis sont des cousins, et le vrai Porthos est son beau-frère. La compagnie est dissoute par le cardinal Mazarin (homme d'État français, 1602-1661) en 1646, et renait sous le règne de Louis XIV avant de disparaitre définitivement au XIXe siècle.

C'est d'ailleurs d'un mousquetaire que Dumas tient sa principale source pour la construction du personnage de d'Artagnan : Gatien de Courtilz de Sandras (1644-1712), après avoir servi dans la compagnie des mousquetaires jusqu'en 1680, se lance dans l'écriture notamment de mémoires. Ce sont ses *Mémoires de M. d'Artagnan* (1700), dédiées au vrai mousquetaire qui fut le capitaine de la compagnie du temps où Gatien y était, qui ont nourri le d'Artagnan de Dumas.

Les mémoires et correspondances du XVIIe siècle sont une source d'informations non négligeable pour Dumas lors de l'écriture de son œuvre : la connaissance de l'affaire des ferrets de la reine provient par exemple des *Mémoires* (1662) de La Rochefoucauld.

Contexte de réception

Beaucoup considèrent *Les Trois Mousquetaires* comme un récit divertissant qu'un enfant pourrait lire. Les quelques commentaires qui précèdent ont pourtant prouvé la complexité de l'œuvre. Dumas a suivi les codes pour mieux les détourner, ce qui témoigne de son ingéniosité.

Cette impression de divertissement que l'on éprouve à la lecture du récit lui est bénéfique, mais lui nuit tout autant :

- d'un côté, l'œuvre est passée à la postérité et chacun connait ces quatre amis, opposés à Milady et aux gardes du cardinal de Richelieu. Les valeurs et la devise des mousquetaires sont également devenues communément exploitées ;
- de l'autre, peu de critiques semblent s'intéresser au texte. Malgré sa richesse, *Les Trois Mousquetaires* ne reçoit malheureusement pas autant d'honneurs qu'une œuvre de Balzac.

En 1844, ce roman-feuilleton semble bien reçu. Le succès des *Trois Mousquetaires* permet à Dumas d'envisager des adaptations théâtrales et de concevoir des suites aux aventures de ses protagonistes. *Vingt ans après* parait en 1845, et *Le Vicomte de Bragelonne* entre 1847 et 1850. Si l'idée principale était de réunir les quatre mousquetaires, il introduit également de nouveaux personnages, comme le fils de Milady et celui d'Athos ainsi que Mme de Chevreuse, et met en scène la vie et la mort de chacun des mousquetaires – Aramis est l'unique survivant au terme des évènements.

Sa publication en volume témoigne de son succès puisque seuls les romans-feuilletons qui influençaient le nombre de tirages du quotidien connaissaient une seconde vie sous forme de livre. La destinée du roman dépendait de son succès : si les lecteurs suivaient les aventures publiées, l'histoire se poursuivait ; tandis que si le récit n'emportait pas l'adhésion des lecteurs, il était écourté pour laisser place à un autre.

Par ailleurs, la question de l'auteur elle-même est encore posée aujourd'hui. Si la postérité retient le seul nom de Dumas, la participation d'Auguste Maquet (écrivain français, 1813-1888), son collaborateur pour *Les Trois Mousquetaires* comme pour de nombreuses autres œuvres, est difficile à déterminer. Il est très probable que Maquet a en partie écrit *Les Trois Mousquetaires*, mais la justice défend d'attribuer l'œuvre commune aux deux auteurs uniquement à Maquet, et ce dernier finit par renoncer à ses droits d'auteur en 1858 moyennant une compensation financière.

Malgré ces dissensions, la trilogie des *Trois Mousquetaires* en général et le roman en particulier génèrent une postérité extrêmement abondante. Les traductions et les adaptations se multiplient, avec une prédilection marquée pour d'Artagnan. Les aventures et les valeurs véhiculées par ces personnages loyaux envers leur souverain et héroïques dans l'adversité se propagent au-delà de la littérature elle-même, et assoient les désormais célèbres mousquetaires comme des modèles de courage et d'amitié.

Les Trois Mousquetaires, marqué par les traits du roman-feuilleton qui justifient son style simple, ses clichés chevaleresques et ses redondances, est devenu une œuvre marquante du paysage littéraire français. Son appartenance à différents genres lui a permis de toucher une frange importante de la population en multipliant les intrigues et les références. Relatant une réalité vieille de près de 200 ans, l'œuvre a pourtant véhiculé des valeurs d'amitié, de courage et de loyauté qui font encore partie de l'imaginaire commun actuel.

Votre avis nous intéresse !
Laissez un commentaire sur le site de votre
librairie en ligne
et partagez vos coups de cœur sur les réseaux
sociaux !

PISTES DE RÉFLEXION

QUELQUES QUESTIONS POUR APPROFONDIR SA RÉFLEXION...

- Dumas a fréquemment recours aux clichés dans *Les Trois Mousquetaires*. Donnez-en des exemples.
- Selon vous, qu'est-ce qui a motivé le choix de Dumas pour le règne de Louis XIII et la compagnie des mousquetaires comme toile de fond de son roman ?
- Malgré sa longueur et son foisonnement, *Les Trois Mousquetaires* peut-il être considéré comme une œuvre à l'écriture et au contenu extrêmement travaillés ? Justifiez votre réponse.
- Dès les premières lignes du récit, d'Artagnan est comparé à don Quichotte. À votre avis, quel est l'objectif de ce parallèle ?
- *Les Trois Mousquetaires* trouve son influence dans de nombreux genres littéraires. Quels sont ceux qui sont liés à l'évolution de d'Artagnan et pourquoi ?

- D'où vient l'opposition entre la renommée de l'œuvre auprès du public et le mépris de certaines critiques vis-à-vis de celle-ci ?

- Qu'est-ce qui peut expliquer le grand succès des romans-feuilletons dès 1840 ? Selon vous, ce genre de publication aurait-elle encore du succès aujourd'hui ? Justifiez.

- Plusieurs personnages du roman peuvent à priori être rangés du côté des bons, d'autres du côté des méchants. Mais les caractères sont-ils si tranchés ? Justifiez.

- Dominique Fernandez, auteur d'un essai sur Dumas, a dit à son sujet : « Pour moi, Dumas est l'égal de Balzac et de Hugo [écrivain français, 1802-1885], et je voulais le faire savoir. » (« Dominique Fernandez », in *dumaspere.com*) Que répondre à cela après la lecture des aventures des mousquetaires ?

- Pourriez-vous trouver des points communs entre un roman-feuilleton tel que *Les Trois Mousquetaires* et les séries télévisées d'aujourd'hui ?

POUR ALLER PLUS LOIN

ÉDITION DE RÉFÉRENCE

- DUMAS A., *Les Trois Mousquetaires*, Paris, Gallimard, coll. « Folio classique », 2001.

ÉTUDES DE RÉFÉRENCE

- « Dossier Alexandre Dumas », in *Le Magazine littéraire*, septembre 2002, n° 412, p. 22-65.

- « Le Dossier : Alexandre Dumas », in *Le Magazine littéraire*, février 2010, n° 494, p. 50-83.

- BIET C., BRIGHELLI J.-P. et RISPAIL J.-L., *Alexandre Dumas ou les Aventures d'un romancier*, Paris, Gallimard, coll. « Découvertes Gallimard », 1986.

- WAGNER F., « Lire *Les Trois Mousquetaires* aujourd'hui », in *Romantisme*, n° 115, 1/2002, p. 53-63.

- « Alexandre Dumas. Deux siècles de littérature vivante », in *dumaspere.com*, consulté le 31 octobre 2010. http://www.dumaspere.com

ADAPTATIONS

- DUMAS A., *Les Trois Mousquetaires*, lu par Alain

Carré, 20 CD, Mons, Autrement Dit, 2006.

- *La Jeunesse des mousquetaires*, mise en scène d'Alexandre Dumas, Paris, Dufour et Mulat, 1849.

- *Les Trois Mousquetaires*, téléfilm de Claude Barma, avec Jean-Paul Belmondo, France, 1959.

- *Les Trois Mousquetaires* (*The Three Musketeers*), film de Stephen Herek, avec Kiefer Sutherland, Charlie Sheen et Julie Delpy, États-Unis, 1994.

- *Les Trois Mousquetaires*, comédie musicale mise en scène par René Richard Cyr et Dominic Champagne, avec Brahim Zaibat, David Bàn, Damien Sargue et Olivier Dion, France, 2016.

- *Les Trois Mousquetaires*, film de Paul W. S. Anderson, avec Orlando Bloom et Milla Jovovich, Royaume-Uni/France/Allemagne, 2011.

- *Milady*, téléfilm de Josée Dayan, avec Arielle Dombasle, Florent Pagny et Martin Lamotte, France, 2004.

SUR LEPETITLITTÉRAIRE.FR

Fiche de lecture sur *Le Comte de Monte-Cristo* d'Alexandre Dumas.

Fiche de lecture sur *Pauline* d'Alexandre Dumas.

Retrouvez notre offre complète sur lePetitLittéraire.fr

- des fiches de lectures
- des commentaires littéraires
- des questionnaires de lecture
- des résumés

ANOUILH
- Antigone

AUSTEN
- Orgueil et Préjugés

BALZAC
- Eugénie Grandet
- Le Père Goriot
- Illusions perdues

BARJAVEL
- La Nuit des temps

BEAUMARCHAIS
- Le Mariage de Figaro

BECKETT
- En attendant Godot

BRETON
- Nadja

CAMUS
- La Peste
- Les Justes
- L'Étranger

CARRÈRE
- Limonov

CÉLINE
- Voyage au bout de la nuit

CERVANTÈS
- Don Quichotte de la Manche

CHATEAUBRIAND
- Mémoires d'outre-tombe

CHODERLOS DE LACLOS
- Les Liaisons dangereuses

CHRÉTIEN DE TROYES
- Yvain ou le Chevalier au lion

CHRISTIE
- Dix Petits Nègres

CLAUDEL
- La Petite Fille de Monsieur Linh
- Le Rapport de Brodeck

COELHO
- L'Alchimiste

CONAN DOYLE
- Le Chien des Baskerville

DAI SIJIE
- Balzac et la Petite Tailleuse chinoise

DE GAULLE
- Mémoires de guerre III. Le Salut. 1944-1946

DE VIGAN
- No et moi

DICKER
- La Vérité sur l'affaire Harry Quebert

DIDEROT
- Supplément au Voyage de Bougainville

DUMAS
- Les Trois Mousquetaires

ÉNARD
- Parlez-leur de batailles, de rois et d'éléphants

FERRARI
- Le Sermon sur la chute de Rome

FLAUBERT
- Madame Bovary

FRANK
- Journal d'Anne Frank

FRED VARGAS
- Pars vite et reviens tard

GARY
- La Vie devant soi

GAUDÉ
- La Mort du roi Tsongor
- Le Soleil des Scorta

GAUTIER
- La Morte amoureuse
- Le Capitaine Fracasse

GAVALDA
- 35 kilos d'espoir

GIDE
- Les Faux-Monnayeurs

GIONO
- Le Grand Troupeau
- Le Hussard sur le toit

GIRAUDOUX
- La guerre de Troie n'aura pas lieu

GOLDING
- Sa Majesté des Mouches

GRIMBERT
- Un secret

HEMINGWAY
- Le Vieil Homme et la Mer

HESSEL
- Indignez-vous !

HOMÈRE
- L'Odyssée

HUGO
- Le Dernier Jour d'un condamné
- Les Misérables
- Notre-Dame de Paris

HUXLEY
- Le Meilleur des mondes

IONESCO
- Rhinocéros
- La Cantatrice chauve

JARY
- Ubu roi

JENNI
- L'Art français de la guerre

JOFFO
- Un sac de billes

KAFKA
- La Métamorphose

KEROUAC
- Sur la route

KESSEL
- Le Lion

LARSSON
- Millenium I. Les hommes qui n'aimaient pas les femmes

LE CLÉZIO
- Mondo

LEVI
- Si c'est un homme

LEVY
- Et si c'était vrai…

MAALOUF
- Léon l'Africain

MALRAUX
- La Condition humaine

MARIVAUX
- La Double Inconstance
- Le Jeu de l'amour et du hasard

MARTINEZ
- Du domaine des murmures

MAUPASSANT
- Boule de suif
- Le Horla
- Une vie

MAURIAC
- Le Nœud de vipères

MAURIAC
- Le Sagouin

MÉRIMÉE
- Tamango
- Colomba

MERLE
- La mort est mon métier

MOLIÈRE
- Le Misanthrope
- L'Avare
- Le Bourgeois gentilhomme

MONTAIGNE
- Essais

MORPURGO
- Le Roi Arthur

MUSSET
- Lorenzaccio

MUSSO
- Que serais-je sans toi ?

NOTHOMB
- Stupeur et Tremblements

ORWELL
- La Ferme des animaux
- 1984

PAGNOL
- La Gloire de mon père

PANCOL
- Les Yeux jaunes des crocodiles

PASCAL
- Pensées

PENNAC
- Au bonheur des ogres

POE
- La Chute de la maison Usher

PROUST
- Du côté de chez Swann

QUENEAU
- Zazie dans le métro

QUIGNARD
- Tous les matins du monde

RABELAIS
- Gargantua

RACINE
- Andromaque
- Britannicus
- Phèdre

ROUSSEAU
- Confessions

ROSTAND
- Cyrano de Bergerac

ROWLING
- Harry Potter à l'école des sorciers

SAINT-EXUPÉRY
- Le Petit Prince
- Vol de nuit

SARTRE
- Huis clos
- La Nausée
- Les Mouches

SCHLINK
- Le Liseur

SCHMITT
- La Part de l'autre
- Oscar et la Dame rose

SEPULVEDA
- Le Vieux qui lisait des romans d'amour

SHAKESPEARE
- Roméo et Juliette

SIMENON
- Le Chien jaune

STEEMAN
- L'Assassin habite au 21

STEINBECK
- Des souris et des hommes

STENDHAL
- Le Rouge et le Noir

STEVENSON
- L'Île au trésor

SÜSKIND
- Le Parfum

TOLSTOÏ
- Anna Karénine

TOURNIER
- Vendredi ou la Vie sauvage

TOUSSAINT
- Fuir

UHLMAN
- L'Ami retrouvé

VERNE
- Le Tour du monde en 80 jours
- Vingt mille lieues sous les mers
- Voyage au centre de la terre

VIAN
- L'Écume des jours

VOLTAIRE
- Candide

WELLS
- La Guerre des mondes

YOURCENAR
- Mémoires d'Hadrien

ZOLA
- Au bonheur des dames
- L'Assommoir
- Germinal

ZWEIG
- Le Joueur d'échecs

ISBN version numérique : 978-2-8080-0803-7
ISBN version papier : 978-2-8080-0804-4
Dépôt légal : D/2018/12603/42

Avec la collaboration de Lucile Lhoste pour l'étude du personnage d'Aramis, ainsi que pour le chapitre « Contexte de publication ».

Conception numérique : Primento, le partenaire numérique des éditeurs.

Ce titre a été réalisé avec le soutien de la Fédération Wallonie-Bruxelles, Service général des Lettres et du Livre.